Vivez !

Stéphane Hessel

Vivez !

Entretiens avec Édouard de Hennezel et Patrice van Eersel

carnetsnord

12, villa Cœur-de-Vey, 75014 Paris
www.carnetsnord.fr
ISBN : 978-2-35536-061-9

Sommaire

Prologue

J'ai rencontré Stéphane Hessel pour la première fois il y a vingt ans, lors d'un dîner. Alors jeune étudiant, j'avais été impressionné par cet homme âgé de soixante-treize ans, dont je connaissais un peu le parcours, et qui, à la fin du repas, s'était levé pour dire un poème à la demande des convives. C'était, je m'en souviens, le *Bateau ivre* d'Arthur Rimbaud, texte magnifique, mais long et difficile. Il le récita les yeux fermés avec une intensité remarquable. J'ai su par la suite qu'il lui arrivait souvent, un peu comme une tradition, de partager sa passion de la poésie, en langue française, anglaise ou allemande, dès qu'il était invité quelque part, tel un ambassadeur de ce genre littéraire. Mais ce qui m'avait davantage marqué chez cet homme, c'était son incroyable énergie faite de bienveillance et d'enthousiasme. Elle contaminait les plus âgés comme les plus jeunes.

Aujourd'hui, à quatre-vingt-treize ans, au soir d'une vie éminemment exemplaire de résistant et de militant au service de la paix dans le monde, Stéphane Hessel est pris dans le tourbillon médiatique d'un prodigieux succès de librairie. Sollicité de toutes parts depuis de longs mois, et sans doute un peu fatigué de l'être, les chances d'obtenir un entretien avec lui me paraissaient assez faibles.

Et pourtant, deux jours après que je lui eus adressé une courte lettre, Stéphane Hessel m'appelle et cherche, patiemment, une disponibilité dans son agenda surchargé. Rendez-vous est pris. Ce sera chez lui, une semaine plus tard, à son retour d'un déjeuner à l'ambassade d'Allemagne et peu avant l'interview d'un célèbre quotidien new-yorkais.

Lorsque je me présente à son domicile en compagnie de Patrice van Eersel, nous avons un peu plus d'une heure devant nous. Stéphane Hessel ouvre la porte de son appartement que l'on devine plutôt petit. L'élégance de sa posture, à la fois digne et accueillante, me rappelle aussitôt mon grand-père. D'une voix claire et chaleureuse, il nous salue et ouvre un bras pour nous inviter à entrer dans son salon. Son regard pétille et, je dois le dire, son sourire fait renaître le mien. Hôte prévenant, il nous invite à prendre place sur un canapé avant de lui-même s'asseoir dans un fauteuil. Chacun de ses gestes montre qu'il est pleinement présent à ce qu'il fait. Sa disponibilité et son écoute sont palpables. Nous lui exprimons notre souhait de l'interroger sur le thème de la spiritualité, la sienne en l'occurrence. Il acquiesce par un « je vous écoute » empreint de curiosité, et son sourire ne le quitte pas, comme une permanente et sincère marque de considération envers l'autre.

Au fil de ces pages, Stéphane Hessel répond à nos questions autour de la transcendance, l'éthique, l'amour, la chance et la mort. Il parle davantage de lui, éclairant ainsi la force de ses engagements. Ce qu'il dit entre en parfaite résonnance avec ce qu'il est : un homme profondément accompli transmettant sa sagesse par-delà ses convictions, avec une joie sincère et une humilité vraie. Il est d'ailleurs si peu centré sur lui-même que, dans un monde où les individualismes se renforcent toujours plus, le simple fait de pouvoir l'écouter m'apparaît comme une chance à méditer.

En présence de cet homme rayonnant qui attend la mort « avec gourmandise », nous ne pouvons que sourire à la vie, bien plus que d'ordinaire, et nous interroger un peu plus courageusement sur le sens que nous voulons, chacun, lui donner.

Édouard de Hennezel
Paris, mai 2011

Entretiens avec Stéphane Hessel

Édouard de Hennezel
et Patrice van Eersel

S'élever soi-même en responsabilité

Parce qu'il n'est pas croyant et parce qu'il pense que les monothéismes ont fait trop de mal, Stéphane Hessel ne compte pas le mot Dieu dans son vocabulaire. Mais l'idée d'une « spiritualité laïque » lui parle. Dans son esprit, les valeurs humanistes sont bel et bien sacrées.

Vous avez dit que la seule foi dans l'humain suffit…

C'est beaucoup dire. Rien ne suffit, nous avons besoin de tout, mais la foi dans l'humain est une base dont on peut partir pour essayer de comprendre ce que sont l'éthique, la politique, l'économie… Nous avons besoin d'un point de départ et je veux bien accepter celui que vous me dites : la foi dans l'humain. Cela signifie simplement que l'homme n'a pas besoin d'autre chose que de lui-même. Il n'a pas besoin d'un guide suprême, d'un dieu unique ou d'un gouvernement, qui indique tout ce qu'il faut faire. C'est à lui de décider ce qui lui paraît compatible avec sa foi dans l'homme.

Vous considérez que c'est un point de départ, mais il y a aussi un point d'arrivée…

Le point d'arrivée, pour moi, c'est la volonté fermement ancrée en chacun de nous de mettre un terme aux injustices les plus grandes qui sont présentes dans nos sociétés et qui ont pour source, certainement, des choses très graves qui existent dans notre constitution d'homme. Nous sommes des êtres ambivalents. Nous avons beaucoup de choses lourdes et dangereuses en nous, mais nous en avons aussi d'autres plus généreuses et progressistes. C'est en essayant d'harmoniser les unes et les autres qu'il est possible, me semble-t-il, de parcourir le chemin de notre vie, en étant fiers de ce que nous sommes et de ce que nous pouvons faire.

Nous allons revenir à la notion d'engagement, mais croyez-vous à une transcendance ?

Certainement ! Je pense que l'immanence est évidente dans seulement un des aspects de notre vie : dans la biologie, dans la société, nous sommes immanents. Mais nous savons bien qu'au-delà de cette immanence, il doit y avoir autre chose que nous pouvons définir comme une forme de spiritualité. Toutefois, je me méfie des mots, qu'est-ce que cela veut dire « la spiritualité » ? Est-ce simplement l'esprit ou est-ce un mélange de raison et de conscience comme l'indique le premier article de la Déclaration universelle des droits de l'homme ? En tout cas, je pense qu'au-delà de la vie matérielle avec ses problèmes quotidiens, il existe un domaine auquel nous avons accès – que nous pouvons nommer de différentes manières – et qui nous appelle comme quelque chose à quoi nous savons que nous avons droit. Mais, pour y avoir accès, il y a un effort particulier à faire. C'est cet effort de l'immanent vers le transcendant qui fait de nous autre chose que des plantes, des animaux ou d'autres formes de vie sur la terre.

Cet effort dont vous parlez revient-il à dire que la spiritualité nécessite aussi une pratique ?

Oui. Je pense que nous sommes des êtres de volonté, d'exercice, de pratique. Nous pratiquons par exemple l'apprentissage des vérités des sciences, nous apprenons à comprendre l'histoire, à comprendre les sociétés dans lesquelles nous vivons. Tout cet apprentissage nous demande un exercice dans lequel nous mettons en œuvre ce que nous avons en nous de réflexion, mais aussi de volonté et donc d'action.

Selon vous, nous n'avons pas besoin d'un dieu unique. Vous avez dit que les monothéismes étaient facteurs de violence…

Je pense que l'adjonction de l'adjectif « mono » avec « dieu » est une exigence qui existe dans les grandes religions que nous connaissons. Il faut un dieu unique et, naturellement, il ne peut être que « mon » dieu. Ce dieu étant le mien, le dieu de tout autre monothéisme est donc un faussaire et il est normal que je le combatte. C'est ce que je reproche aux monothéismes tels qu'ils se sont développés. Je pense que toutes les sociétés se sont construit des êtres supérieurs, des êtres mythiques qui peuvent être appelés « dieu », « idéal » ou « utopie ». Ceux qui se sont construit des religions avec un bonhomme, barbu de préférence, qu'ils appellent le « dieu unique », ont pour moi un très grave défaut, c'est qu'ils ont tendance à se combattre les uns les autres. Et même lorsqu'ils prétendent se réclamer d'un seul dieu, du dieu unique qui devrait être le dieu de tous, ils considèrent que ceux qui l'adorent différemment sont dans l'erreur et méritent donc d'être combattus. C'est ce qui a fait les conflits les plus graves qu'ont connus les civilisations humaines : les conflits de religions.

Mais le monothéisme, n'est-ce pas aussi ce qui libère les peuples de l'idolâtrie et de la violence ?

Cela pourrait être ce que vous dites. On pourrait imaginer que si tous les peuples se réclamaient d'un seul dieu, on n'aurait même plus besoin de l'appeler le dieu des chrétiens, le dieu des juifs ou celui des musulmans – ce serait un seul dieu que tout le monde admettrait comme unique et tout-puissant. C'est un peu ce que nous enseigne un philosophe comme

Spinoza, qui a bien fait attention à ce que ce dieu-là ne soit pas celui d'une religion, mais le dieu pour l'homme en général. Dans ces conditions, cela pourrait avoir des effets bénéfiques comme l'acceptation de quelques valeurs fondamentales dont ce dieu unique serait le détenteur et le porteur. Mais précisément, ce n'est pas comme ça que les religions se sont développées. Elles se sont développées les unes contre les autres. C'est pourquoi il faut, à mon avis, distinguer la spiritualité et la transcendance, dans sa très grande généralité, de la notion d'un ou de plusieurs dieux.

André Comte-Sponville a parlé de spiritualité laïque, c'est-à-dire que tout homme aurait une spiritualité, une vie intérieure... Qu'en pensez-vous ?

C'est une très bonne définition de ce que nous appelons, les uns et les autres, « transcendance » ou « spiritualité », qui est une dimension de l'être qui ne peut pas se concrétiser par la forme d'un dieu ou de plusieurs dieux. Nous pouvons avoir des héros, des saints, et même des dieux multiples comme ceux de la mythologie grecque, mais ils ne sont chacun qu'un des symboles ou manifestations possibles de quelque chose de beaucoup plus universel qui est cette « transcendance » ou cette « spiritualité ». On peut utiliser les noms qu'on veut, mais il faut se méfier de leur ajouter une figure qui en serait le détenteur et qui nous amènerait à suivre simplement des préceptes, au lieu de réfléchir à notre responsabilité personnelle.

C'est pourtant dans sa relation avec une « figure » que Sœur Emmanuelle a accompli son engagement qui est loin d'être incompatible avec le vôtre...

Incompatible, sûrement pas, de même que beaucoup de figures de la chrétienté, du judaïsme, comme Moïse ou Jacob, du protestantisme, comme Martin Luther King ou d'autres encore... Je les respecte et les considère comme porteurs de quelque chose qui peut nous être très utile.

Toutefois, je mets en fait que, quelles que soient leurs valeurs, ils courent un risque à l'égard de ceux qui suivent leurs voies. Ce risque est de les déresponsabiliser de ce qui doit être leur recherche personnelle. Aimer beaucoup Sœur Emmanuelle ne veut pas dire « je vais suivre son exemple », car son exemple n'est pas forcément compatible avec « ma spiritualité ».

Seriez-vous d'accord avec une expression comme « je ne crois pas en Dieu, mais il m'arrive de faire l'expérience…

… du divin ?

… du divin, peut-être.

… Disons-le, si vous le voulez… En effet, les mots nous troublent souvent. Le mot « dieu » est chargé de tellement d'anathèmes qu'il faut s'en méfier. Je n'aime pas parler de Dieu comme d'un être qui aurait un droit particulier à me porter des commandements. Le commandement divin me paraît ne pouvoir être accepté que si c'est un commandement de se réaliser soi-même dans sa responsabilité à l'égard de ce qui vous remplit d'enthousiasme. Le mot « enthousiasme », les Grecs y ont mis « Dieu » puisqu'il signifie « être pénétré par Dieu ». Mais on peut aussi penser à « des » enthousiasmes. C'est à ceux-là que je pense, notamment quand je réfléchis sur la poésie ou sur l'art, dans ses créations les plus importantes. Cela me remplit de quelque chose qu'on peut appeler « théos » ou simplement « spiritualité »... Donc, encore une fois, nous allons nous trouver devant un problème sémantique : pouvons-nous accepter, avec beaucoup d'autres, qu'il y a du divin et que le divin appartient à Dieu – sémantiquement, c'est cela – ou devons-nous dire que le divin, le transcendant, le spirituel, est une dimension de l'être qui ne peut pas se réduire à une figure qui serait un dieu ?

Espérer et agir pour une éthique sociale universelle

La Déclaration des droits de l'homme est-elle vraiment universelle ? Ne charrie-t-elle pas implicitement des valeurs occidentales étrangères aux autres cultures ? Stéphane Hessel ne le croit pas. Pour lui, à l'heure où l'intelligence collective prend corps, grâce à la Toile, ce texte qui sert de manifeste à l'humanité est plus que jamais d'actualité.

Vous dites que l'inconvénient de la morale, c'est qu'elle est toujours celle des autres. Vous lui préférez une éthique propre, avec des valeurs fortes. Mais une éthique individuelle est-elle compatible, par exemple, avec l'universalité des droits de l'homme ?

Une éthique individuelle ne peut être que le lien entre l'individu et des valeurs. Lorsque celui-ci estime que son éthique le met en rapport avec des valeurs qu'il considère comme universellement valables, alors il est dans l'éthique à laquelle personnellement je crois. Je ne pense pas qu'on puisse inventer une éthique si ce n'est pas quelque chose qui vous rapproche de tous les autres humains. L'éthique doit être celle dont on pense qu'elle peut utilement servir de guide à tous les hommes. Je suis toujours particulièrement sensible au fait que cette Déclaration des droits de l'homme – qui a été rédigée avec des amis à moi, et j'étais là quand cela s'est fait – s'est appelée « Déclaration universelle des droits de l'homme » parce que, précisément, elle décrit une éthique en termes assez précis de libertés et de droits, qui doit s'appliquer à tous les êtres humains. C'est la vocation de ce texte.

Alors que répondez-vous aux différents fondamentalistes qui estiment que ce texte n'est pas « universel » et qu'il est de culture occidentale ?

Ceux qui disent cela ne connaissent pas la façon dont ce texte a été élaboré. Ils ne savent pas à quel point ses rédacteurs ont fait abstraction de toute culture particulière et ont pensé en termes de « l'homme en général ». Je mets en fait qu'il n'y a pas une femme, pas un homme ou un enfant sur la terre, qui dirait « je ne veux pas de ces libertés, je ne veux pas de ces droits ». Il y a, en revanche, des gouvernements qui considèrent que pour que leur puissance s'exerce pleinement sur leurs sujets, ils ne peuvent pas leur permettre de bénéficier de certaines libertés. Alors, ils s'amusent à dire que ce sont des libertés « occidentales », parce qu'il est vrai que la formulation de la Déclaration universelle, en langue anglaise ou française, est porteuse d'une sémantique occidentale. Toutefois, les libertés et les droits qu'elle recouvre sont à l'évidence valables partout et pour tous.

Même le droit de propriété ?

Le droit de propriété ne constitue qu'un des articles de cette Déclaration. Il correspond à une façon de voir ce qui était le fonctionnement des sociétés à la fin de la Deuxième Guerre mondiale. Il répondait à une vision dans laquelle le caractère privé de la vie de chacun avait une importance particulière. Par conséquent, reconnaître à la propriété une légitimité dans la façon dont les hommes se comportent était considéré comme une évidence. C'est un des articles qui peut être contesté. Chacun des articles peut d'ailleurs donner lieu à de la contestation, mais ils ont été rédigés de manière à ce que, au-delà de la contestation, il reste un fondement commun sur lequel construire une éthique sociale universelle.

Dans Engagez-vous ![*], *vous dites que l'engagement écologique est aussi fort que celui lié à la Résistance. Pourtant, les enjeux de vie ou de mort sont différents…*

Nous nous sommes rendu compte – cela a été long et n'est pas encore tout à fait acquis – que la terre où nous vivons est fragile et précaire. Si nous ne faisons pas de gros efforts, nous risquons de nous

[*] Éditions de l'Aube, 2011.

trouver en face d'un moment où il n'y aura plus de place sur la terre pour les 9 milliards d'habitants qui vont y vivre. C'est dire que pour moi, l'engagement écologique – la prise de conscience de ce péril dans toute sa violence et son inéluctabilité – est un engagement qui devrait être aujourd'hui au moins aussi fort que n'importe quel autre engagement comme celui, par exemple, pour plus de justice et de liberté. Je considère que nous avons atteint un moment dans le développement de nos civilisations où elles ne peuvent rester des civilisations qu'en prenant tout à fait en compte l'environnement et l'effort écologique.

Vous estimez que dix milliards d'êtres humains pourront donner une sorte de « cerveau collectif » quand la population mondiale sera stabilisée ?

Ce n'est pas tout à fait cela. Il y a de plus en plus de cerveaux humains capables de communiquer entre eux, c'est le grand acquis de ces vingt dernières années. Nous avons vécu de longues périodes de l'Histoire où, non seulement on ne savait pas ce que disait le voisin de l'autre civilisation, mais on avait tendance à dire « c'est un barbare, puisqu'il ne parle pas la même langue que moi ». C'était donc la séparation en petits groupes, puis en plus grands groupes, entre les différentes composantes des sociétés humaines. Depuis quelque temps, nous abordons un moment où l'intercommunication de tous se fait. Cette capacité collective de communiquer nous donne, me semble-t-il, une capacité plus grande de résoudre ensemble les problèmes de ces dix ou neuf milliards d'habitants. Cela n'était pas le cas à une époque où il y avait beaucoup moins d'hommes sur la terre et où, sans doute, les problèmes de chacun étaient plus faciles à résoudre parce qu'ils avaient la possibilité de s'élargir. Mais aujourd'hui, cette possibilité n'existe plus. Nous avons donc le devoir de veiller, par une solidarité dans l'interdépendance, à trouver la réponse aux besoins et aux nécessités des uns et des autres. Ce qui me donne un certain espoir, une certaine confiance, c'est la possibilité que neuf milliards de cerveaux travaillent ensemble à vivre mieux dans la générosité et le respect mutuel. Peut-être passerons-nous à côté de cette possibilité et nous détruirons-nous par des haines et des jalousies avant d'avoir atteint ce stade. Toutefois, une humanité harmonieuse et heureuse n'est pas exclue. Ce n'est peut-être pas probable, mais l'improbable est quelquefois vrai.

Cultiver l'amour

Il existe des façons très différentes d'aimer. Aimer passionnément est, selon Stéphane Hessel, ce qui peut arriver de mieux à un être humain. Mais on peut aimer tendrement, ou compassionnellement, ou fraternellement. Toutes les formes d'amour authentiques ont un point commun : le sens de la responsabilité. Sinon, elles ne sont qu'imposture.

Parlons un peu d'amour. Vous dites qu'il faut investir dans l'amour. Est-ce que ce n'est pas plutôt l'amour qui investit en nous ?

De toutes les composantes de notre âme ou de notre psychisme, celle qu'on appelle « amour » couvre des réalités très différentes. Il y a d'abord le respect de l'autre, ce semblable avec qui on doit avoir des relations de générosité mutuelle. C'est l'amour humain. Il y a ensuite la passion. Nous pouvons rencontrer un être avec lequel peut naître une passion, c'est-à-dire un désir d'apporter plus que ce que l'on reçoit. C'est comme ça que je définirais la passion. Je pense qu'aimer avec passion est ce qui peut arriver de plus important à un être humain, de même d'ailleurs qu'entre les autres formes de vie il y a une relation passionnée possible qui fait que l'on court vers l'autre et qu'on cherche peut-être aussi à le posséder… Cet amour-là a ses bons et ses mauvais côtés. La passion peut ne pas durer et causer d'amers regrets, ou se développer de manière excessive et vous rendre incapable de diriger encore votre action. On peut exagérer la passion. Il y a un équilibre qu'il faut tenter de préserver. À mon avis, il faut aussi investir dans l'être aimé. Aimer quelqu'un, c'est lui vouloir des satisfactions aussi grandes que possible. Investir en lui, c'est se rendre compte de tout ce qu'on peut lui apporter de plus que ce qu'il a déjà. Il y a là un mouvement qui peut souvent aller très loin.

Entre ces différents visages de l'amour, y a-t-il un mûrissement au fil des siècles ? Que nous dit l'anthropologie de l'évolution amoureuse ?

Je pense que l'amour, dans son expression verbale, est tributaire de l'évolution des sociétés et des cultures. Certaines cultures, comme celle de notre Moyen Âge avec les trouvères et les troubadours, ont donné à l'amour une forme assez particulière. Il y a aussi une littérature amoureuse du romantisme et beaucoup d'autres moments de l'histoire où l'amour a trouvé des formes d'expression différentes. Par exemple, quand on pense à Rome, on s'aperçoit que l'amour y trouve une place restreinte. Il y a plutôt la solidarité, conformément au droit romain qui ne parle pas beaucoup de l'amour, ce qui est un peu étrange. De nos jours, après la libération des mœurs que nous avons connue à partir de mai 68, l'amour est moins considéré comme une figure symbolique, allégorique, comme elle l'a été dans d'autres périodes de la civilisation, mais davantage comme un des exercices que l'homme a intérêt à pratiquer, sans que cela lui donne forcément de grandes responsabilités. Or, je pense que la meilleure façon de concevoir l'amour est de le concevoir, là encore, comme un moment de responsabilité. On découvre quelqu'un avec qui on veut une relation conjointement responsable. C'est ce qui donne une force morale à l'amour, qu'il peut ne pas avoir quand il n'est qu'un exercice.

Cette responsabilisation serait-elle une façon de répondre au hiatus du projet chrétien ou du projet marxiste qui voudrait obliger, en quelque sorte, les êtres humains à s'aimer, ce qui est impossible ?

Vous avez raison. On ne peut pas obliger les êtres humains à faire autre chose que ce en quoi ils investissent, précisément, leur responsabilité. Il y a l'amour pour les enfants, l'amour filial, l'amour parental… tous ces amours sont des formes de responsabilisation. C'est dans ce sens qu'ils peuvent être porteurs de grandes émotions, parfois « choc », mais ils ne sont jamais quelque chose que l'on peut, à son gré, défaire ou accepter. L'amour est quelque chose qui vous anime, qu'on le veuille ou non, et que l'on découvre en soi. On peut faire grandir en soi la réflexion ou la formation intellectuelle, mais on ne peut qu'observer en soi l'éclosion de l'amour. À ce moment-là, il faut essayer de comprendre en quoi il consiste et comment on peut lui donner la place qu'il mérite. Si l'on pense qu'il ne mérite qu'une place restreinte, parce que le plus important serait la guerre, la conquête ou je ne sais quoi, alors il peut se réduire à une toute petite chose. Si on pense, au contraire, que le don de soi à un autre, la générosité à l'égard d'êtres que l'on aime, est ce que l'on peut faire de plus important dans la vie, alors cet amour que l'on découvre, et que l'on cultive, peut effectivement devenir la composante la plus forte d'une vie humaine.

Régis Debray dit de vous que vous êtes « pathologiquement incapable de haine et même d'animosité », ces sentiments vous ont-ils quand même parfois habité, même si vous ne les avez pas exprimés ?

Ce que dit Régis Debray est très sympathique, mais très littéraire. Les choses ne se présentent jamais d'une façon aussi simple et directe. Je reconnais volontiers que la haine est un sentiment que je n'aime pas. Quand elle commence à m'habiter – cela peut m'arriver devant telle ou telle figure détestable et Dieu sait qu'il y en a dans le monde – je me préoccupe alors plus de savoir comment on peut combattre et surmonter le problème, plutôt que de me confiner dans un tel sentiment. La haine, me semble-t-il, ne sert pas à grand-chose. Mais, plus encore, je redoute une autre émotion que j'ai aussi connue par moments, c'est la jalousie. La jalousie me paraît être ce qui a conduit les sociétés humaines vers toutes les catastrophes parce qu'elle est une façon de dénier à l'autre le droit d'être meilleur que vous, de lui refuser l'admiration et de lui présenter plutôt comme de la haine le sentiment qu'on éprouve pour lui. À mon sens, cela ne sert ni ne mène à rien et, surtout, cela peut être surmonté par un travail intelligent sur soi-même.

Reconnaître son bonheur

S'il s'est maintes fois distingué par son courage et son sens de la solidarité, Stéphane Hessel admet avoir eu de la chance. Comme la plupart de ceux qui liront ces lignes, il a vécu dans une société privilégiée entre toutes. Que dire à tous les humains pour qui il en va autrement ?

Vous avez eu beaucoup de chance dans votre vie, pouvez-vous nous en parler ?

J'ai eu énormément de chance dans ma vie. Celle d'avoir eu pour mère une femme qui a joué un rôle remarquable pour moi, mais aussi d'avoir vécu des périodes de notre histoire où j'aurais pu avoir de graves ennuis que j'ai chaque fois surmontés. Ma chance a été, dans le milieu du XXe siècle, cruel pour beaucoup, d'avoir connu de grandes douleurs, de grandes souffrances – des tortures –, de fréquents risques de mort… et d'avoir pu sortir de tout cela en étant resté physiquement et psychologiquement intact. Je considère que c'est un vrai bonheur d'avoir ensuite contribué à la mise en place d'institutions précieuses comme les Nations unies, l'unification de l'Europe – tout cela, c'est du positif –, la décolonisation aussi, que j'ai soutenue avec intérêt et satisfaction. Chaque fois qu'un nouvel empire tombait, j'en étais heureux. La chute du mur de Berlin, qui a fait tomber un empire, m'a empli de joie.

J'ai aussi connu des rencontres et des amours dans ma vie privée… Tout cela fait que je considère avoir eu une chance exceptionnelle. J'en suis très reconnaissant à la Vie. Je pense que la gratitude vis-à-vis du réel est une des forces sur lesquelles on peut s'appuyer, et qui peut même vous donner la possibilité de faire du bien à d'autres. Car, si l'on sent qu'on a été béni par le bonheur, on peut espérer en transmettre aux autres. C'est pour cela que j'attache autant d'importance à la notion de bonheur. D'ailleurs, le premier conseil que je donne aux jeunes, c'est d'essayer de comprendre d'abord leur bonheur, et ensuite, seulement, leurs problèmes et leurs difficultés.

Il est vrai que tout le monde n'a pas la même chance. Mais tout le monde n'a pas, non plus, la relation avec lui-même qui est porteuse de chance. Je crois qu'il faut apprendre à avoir avec soi-même une relation constructive. Je ne dis pas qu'il faille s'aimer, mais il faut s'estimer. Par conséquent, il ne faut pas passer son temps à regretter ce que l'on n'est pas ou à se considérer comme malchanceux. Cela ne peut que rendre plus difficile le contact avec les autres. Apprendre à se connaître, et à se connaître pour s'aimer, est d'ailleurs ce que l'oracle de Delphes recommandait aux Grecs et c'est également ce que recommande le dalaï-lama à ses fidèles.

Vous avez commencé à le faire – mais quels autres conseils donneriez-vous aux jeunes générations sur le fait de savoir saisir sa chance ? C'est évidemment une question de confiance dans la vie, de générosité, donc d'éducation, mais aussi de déterminismes culturels injustement répartis. Donc, que répondriez-vous à des jeunes de milieux culturels défavorisés qui vous diraient qu'ils n'ont pas de chance ?

Malheureusement, je crois qu'une grande majorité des hommes et des femmes d'aujourd'hui ont des raisons sérieuses de penser qu'ils n'ont pas de chance. Je me sens, pour ma part, privilégié d'être né à un moment où l'Allemagne était un pays cultivé et prospère. Certes, nous avons vécu des années pénibles à travers la guerre, mais c'est un privilège que d'avoir retrouvé une société prospère et démocratique dans l'ensemble, où notre vie est protégée. C'est hélas un privilège beaucoup plus restreint qu'on ne peut le penser. Dire : « c'est comme cela que les hommes vivent », c'est n'avoir pas regardé la réalité des sociétés humaines d'aujourd'hui. Une majorité d'êtres humains ont beaucoup de raisons de ne pas se considérer comme chanceux… Alors, peut-on néanmoins leur dire : « regardez, fouillez un peu, vous allez voir que s'il y a des choses qui vous sont malheureusement défendues, il y a peut-être une chance que vous n'avez pas encore explorée, peut-être êtes-vous capables de faire plus de choses que vous ne le pensez… » ? C'est, je pense, le type de langage qu'il est bon de tenir, tout en sachant qu'il y en a beaucoup pour qui cela va apparaître « un peu facile » et pas forcément convenable vu ce qu'ils éprouvent. Notre responsabilité de privilégiés est donc de faire tout ce que nous pouvons pour qu'il y ait de moins en moins de gens qui puissent vraiment dire : « je n'ai aucune chance ».

Peut-on replacer cette question dans une perspective spirituelle ? Pour reprendre un adage tibétain : « Toi qui a eu la chance de prendre forme humaine, ne gâche pas cette occasion »…

Je crois en effet que c'est le langage qu'il est utile et bon de tenir. Mais j'ai trop vécu dans des régions du monde où les gens sont vraiment réduits à une condition dramatique, parfois tragique, pour savoir qu'il ne faut pas se faire trop d'illusions : ce langage n'est peut-être pas écouté avec autant de simplicité qu'il est dit.

Méditer sa mort

La peur de mourir n'est que l'autre face de la peur de vivre. Ayant mordu dans la vie avec délectation, sur tous les plans, Stéphane Hessel a depuis longtemps dépassé la peur de sa propre et inéluctable disparition. Il éprouve même une sorte d'impatience à connaître l'expérience ultime.

Vous avez dit : « j'attends la mort comme une gourmandise », mais encore... ?

Je suis à un âge où l'on sait pertinemment que la mort ne peut plus être très loin. Un an, deux ans, trois ans... Cinq ans serait déjà un peu trop par rapport à ce qu'on vit normalement... Je sais donc que la mort viendra bientôt et c'est une bonne chose. Je suis content d'être mortel, car je pense que c'est la mortalité qui donne son sens à la vie. On ne vit que si on peut mourir. Tout ce qui vit – c'est ce que nous enseignent toutes les sagesses du monde – est quelque chose qui « va jusqu'à la mort ». Ma vie ira jusqu'à la mort, et lorsque la mort viendra, je l'accueillerai avec un sentiment un peu personnel, car je suis sûr que cette expérience-là sera comme beaucoup d'autres expériences de ma vie : unique. On ne rencontre l'amour que par moments, on ne rencontre la mort apparemment qu'une seule fois. Jusqu'ici, *« nobody has come back from those bones »*, comme dit Shakespeare, donc on ne sait pas ce que c'est que la mort. Cependant, on peut bien se dire que ce n'est pas rien. C'est sûrement quelque chose. Ce « quelque chose » excite ma curiosité. Je dis « gourmandise » pour faire chic, parce que c'est joli d'être gourmand de la mort, mais ce n'est évidemment qu'une formulation. Ce que je veux dire, c'est que non seulement je n'en ai pas peur, mais qu'effectivement, le moment où on mettra le mot « fin » à ma vie, cela lui aura donné tout sons sens, et ce n'est pas si mal que de pouvoir regarder une vie à son terme en se disant « voilà ce que j'ai été ».

La mort, vous l'accueillerez et vous n'en avez pas peur. En même temps, vous dites que lorsque vous ne tiendrez plus, vous ferez un effort volontaire pour mettre fin à vos jours…

Je dirais plus simplement que je n'aime pas l'idée de vivre comme un légume qui ne pourrait plus guère penser ou s'exprimer. Ce serait pour moi une déchéance très pénible. J'espère ardemment que je mourrai avant que cette déchéance ne se produise. Si elle se produisait, je serais reconnaissant à quelqu'un de me faire la dernière piqûre. En d'autres termes, je n'ai pas un besoin de vivre encore longtemps. Je considère que 93 ans, c'est déjà beaucoup. Si je vais jusqu'à 95, ce sera encore bien, peut-être. Mais si j'allais trop loin et que, justement, cela s'accompagnait d'un manque de capacité de m'exprimer, j'en serais marri et serais plus content que cela s'arrête.

Est-ce que la société, selon vous, doit légaliser l'euthanasie ?

C'est un des problèmes sur lequel on a beaucoup réfléchi. Si on appelle « légaliser l'euthanasie » la possibilité pour une personne qui est déprimée ou malheureuse de trouver facilement quelqu'un qui va lui administrer une dose létale de morphine, je dis attention, ce n'est pas comme cela que le problème doit être traité. Mais, à l'inverse, quand quelqu'un se trouve dans une situation où la vie ne lui est vraiment plus supportable, il souffre, il a envie que cela se termine, en parle avec son docteur, avec sa famille, et tous conviennent que sa vie n'a plus de sens et qu'il faut l'abréger… Alors, à ce moment-là, nous sommes naturellement empreints de la philosophie que nous a apprise Marie de Hennezel, c'est-à-dire qu'il faut essayer d'avoir des soins palliatifs qui, jusqu'au moment où il ne peut vraiment plus vivre, l'accompagnent pour qu'il ne souffre pas plus que nécessaire… C'est une très belle image à laquelle je souscris tout à fait. En même temps, je me rends bien compte que cela ne peut pas être facilement généralisé pour tous les mourants de la terre. Par conséquent, il faut bien se résoudre à ce que, dans certains cas, même avant que les soins palliatifs n'aient donné toute leur efficacité, quelqu'un puisse dire : « j'en ai marre, je me concerte avec d'autres et je demande qu'on mette fin à mes jours ». Je pense que l'euthanasie, comprise de cette façon-là, après une vraie concertation avec tous les intéressés, est un geste responsable qu'on ne doit pas criminaliser.

L'après vie, vous l'imaginez comment ?

Franchement, je ne l'imagine pas, ou du moins, je n'ai pas de représentation de ce que serait le paradis ou l'enfer. Le purgatoire, c'est plus intéressant, mais je n'y crois pas non plus. Je pense qu'on peut continuer à être sans continuer à exister. L'« être » d'un homme est quelque chose qui commence avant et se termine après sa biographie. Il ne commence à *exister* qu'à l'âge de deux ou trois ans. Avant cela, il « est » déjà, mais il n'existe pas vraiment au sens sartrien du terme, c'est-à-dire avec un projet extatique. Il existe tout au long de sa vie, peut-être même jusqu'à sa mort, encore qu'il puisse arriver que les dernières heures de sa vie, il n'existe plus vraiment – c'est ce que nous avons déjà évoqué –, mais l'« être » continue. Nous sommes dans l'« être » qui comprend notre vie, mais aussi ce qui vient avant et ce qui vient après. Dans *La Tempête,* Shakespeare fait dire à Prospero : « Nous sommes de l'étoffe dont sont faits les rêves et notre courte vie est entourée d'un sommeil ». On peut donc dire qu'on s'est réveillé pour vivre et qu'on se rendort en mourant. Le sommeil qui entoure la vie est l'« être » lui-même. Un « être » qui ne s'exprime pas par de l'existence, mais qui embrasse la totalité du cosmos, de l'humanité et de la nature.

Il est intéressant de confronter cette vision avec celles d'anciennes cultures, bien avant Platon, pour lesquelles c'est tout l'inverse. C'est-à-dire que l'existence serait une sorte de sommeil et nous nous réveillerions à une conscience plus large au moment de mourir. C'est d'ailleurs un peu ce que pensent les bouddhistes.

Tout cela est très difficile à exprimer dans des termes qui ne soient pas ambigus. Les contacts que j'ai pu avoir avec le dalaï-lama montrent plutôt que la vie est précieuse parce que, précisément, elle est mortelle. Il n'y a pas de permanence, nous vivons dans l'impermanence, et la vie est une partie d'une permanence globale qui ne va jamais s'arrêter. Donc, dire que l'on se réveille « de » la vie ou qu'on se réveille « dans » la vie, c'est un peu la même image. Dans tous les cas, c'est une image philosophique, en ce sens qu'elle permet de ne pas être pris d'angoisse. Mais en réalité, ma façon de poser le problème est une manière de me désangoisser. La façon dont vous la décrivez dans le langage bouddhique est aussi, et très fortement, une manière de se désangoisser. Quoi qu'il en soit, faire une différence « bien/mal » entre la vie et la mort serait manquer à la sérénité qui, pour nous, est essentielle.

Vieillir et cultiver son esprit

Le plus beau des secrets de longévité, physique et mentale, de Stéphane Hessel est son amour de la poésie. Apprendre par cœur des poèmes est depuis longtemps pour lui une façon, non seulement de cultiver sa mémoire, mais aussi, en cas de coup dur, d'appeler à la rescousse ce que l'humanité a produit de plus fort et de plus subtil.

Vous détenez manifestement quelques clefs du « bien vieillir ». Qu'avez-vous envie de dire à ceux qui s'inquiètent de leur prochaine vieillesse et éventuelle dépendance ?

Là encore, c'est une question de chance. Le corps et l'esprit tiennent bien ou non. Vous avez plusieurs façons de cultiver votre esprit pour qu'il reste apte à vous rendre heureux de vivre. Votre corps est précaire et fragile, vous pouvez vous casser une jambe ou attraper une grave maladie. Pour cela, vous ne pouvez rien d'autre que de consulter à temps un bon médecin. En revanche, vous pouvez cultiver votre esprit. Non seulement en l'appliquant à des problèmes qui vous intéressent, mais aussi, et tout particulièrement, en apprenant par cœur de la poésie. Pouvoir à tout instant, et sans autre provocation, me réciter un ou deux beaux poèmes que j'aime et que je sais par cœur, c'est probablement de tous les privilèges que je me reconnais le plus intéressant pour moi. Le fait de les avoir appris par cœur et de m'exercer à les maintenir dans ma mémoire est un effort que je peux recommander à d'autres en leur garantissant que s'ils font cela, cela les aidera à bien vieillir.

Les récitez-vous comme d'autres prient ?

Peut-être... Mais la prière est quand même, à mon sens, quelque chose de très précieux, parce que c'est tourné vers les autres. On ne prie pas pour soi. D'ailleurs, quand on commence à prier, on pense à quelqu'un d'autre que soi-même. Alors que lorsqu'on récite une poésie, on pense peut-être au poète, mais on pense surtout au plaisir que l'on a à l'entendre. On pense à soi-même. C'est donc plutôt une action égoïste. Cela dit, réciter un poème pour d'autres qui l'écoutent peut être une façon de prier pour qu'ils l'entendent avec plaisir.

Puisque vous êtes habité par la poésie, accepteriez-vous de nous dire celle qui vous vient à l'esprit…

… Si vous en voulez une qui comporte au moins deux vers qui, pour moi, sont essentiels… c'est le *Pont Mirabeau* d'Apollinaire… Je vous la récite volontiers :

Sous le pont Mirabeau coule la Seine
Et nos amours
Faut-il qu'il m'en souvienne
La joie venait toujours après la peine
Vienne la nuit sonne l'heure
Les jours s'en vont je demeure
Les mains dans les mains restons face à face

Tandis que sous
Le pont de nos bras passe
Des éternels regards l'onde si lasse
Vienne la nuit sonne l'heure
Les jours s'en vont je demeure
L'amour s'en va comme cette eau courante
L'amour s'en va
Comme la vie est lente
Et comme l'Espérance est violente
Vienne la nuit sonne l'heure
Les jours s'en vont je demeure
Passent les jours et passent les semaines
Ni temps passé
Ni les amours reviennent
Sous le pont Mirabeau coule la Seine
Vienne la nuit sonne l'heure
Les jours s'en vont je demeure

Poèmes d'une vie

Dans cette si longue vie, les poèmes à apprendre pour pouvoir les réciter par cœur ont fait leur première apparition dès l'âge de sept ans. Encore à Berlin, ma mère me fait réciter un beau poème de Friedrich Hölderlin, *Hyperions' Schicksalslied*, et un court sonnet d'Edgar Allan Poe, *To Helen*. Déjà l'allemand et l'anglais.

Devenu écolier parisien, c'est François Villon, la *Ballade des pendus*, puis Joachim du Bellay, *Heureux qui comme Ulysse*, qui viennent enrichir ma mémoire.

Avec l'éveil en pleine puberté des ondes sensuelles dans le cœur et le corps de l'adolescent, Charles Baudelaire me fait don de l'ex-voto *À une madone* resté infatigablement récitable, même en pleine Cisjordanie à l'âge de 90 ans devant un public bloqué dans sa voiture sur un chemin mal éclairé entre Bethléem et Hébron.

J'y ajoute *Le Balcon* dont certains vers ne peuvent être récités sans provoquer l'érection. Mais aussi le souvenir des amours enfantines dans *Moesta et Errabunda*. Sur les pas de Baudelaire et des premiers battements de cœur, je garde en mémoire *Roman* d'Arthur Rimbaud, mais surtout ses *Chercheuses de poux* où affleure en dernier vers cette irrésistible envie de pleurer.

Comment ne pas clore cette floraison par l'hommage que rend Guillaume Apollinaire à une femme aux cheveux roux ? C'est sans doute le poème que j'ai récité le plus souvent et avec le plus de ferveur à des publics impressionnés (du moins je l'espérais) par la fidélité de ma mémoire, poème qui se termine par cet ultime appel dont nous avons tous besoin :

« Ayez pitié de moi. »

Stéphane Hessel

*Le chant du destin d'Hypérion**
Friedrich Hölderlin

Vous foulez en haute Lumière
Un tapis souple, ô Génies bienheureux !
Le brillant vent des Dieux
Vous frôle à peine,
Comme doigts de musicienne
La sainte lyre.

Sans destin, comme un nourrisson
Qui dort, respirent les Célestes ;
Gardé chaste
En un discret bourgeon,

---

* Traduit de l'allemand par François Garrigue, extrait de *Œuvre poétique complète*, © SNELA La Différence, Paris, 2005.

Fleurit sans fin
En eux l'Esprit,
Et leurs yeux bienheureux
S'ouvrent en calme,
Éternelle clarté.

Mais à nous n'est donné
De nul port le repos,
Ils passent, ils plongent
Les hommes qui souffrent,
Sans rien voir, d'une heure
À l'heure suivante,
Comme une eau de roche
En roche lancée,
Au long de l'an au fond de l'inconnu.

*Stances à Hélène**

Edgar Allan Poe

Hélène, ta beauté est pour moi
Comme ces barques nicéennes d'autrefois
Qui, sur une mer parfumée,
Portaient doucement le défait et las
voyageur
À son rivage natal.

Par des mers désespérées longtemps
coutumier d'errer,
Ta chevelure hyacinthe, ton classique visage,
Tes airs de Naïade m'ont ramené ainsi que
chez moi,
À la gloire qui fut la Grèce,
À la grandeur qui fut Rome.

---

* Traduit de l'anglais par Stéphane Mallarmé.

Là, dans cette niche splendide d'une croisée,
C'est bien comme une statue que je te vois
apparaître,
La lampe d'agate en la main,
Ah ! Psyché ! de ces régions issue qui sont
terre sainte.

La Ballade des pendus
François Villon

Frères humains qui après nous vivez
N'ayez les cœurs contre nous endurcis,
Car, se pitié de nous pauvres avez,
Dieu en aura plus tost de vous merciz.
Vous nous voyez cy attachez cinq, six
Quant de la chair, que trop avons nourrie,
Elle est pieça devoree et pourrie,
Et nous les os, devenons cendre et pouldre.
De nostre mal personne ne s'en rie :
Mais priez Dieu que tous nous vueille
absouldre !

Se frères vous clamons, pas n'en devez
Avoir desdain, quoy que fusmes occiz
Par justice. Toutesfois, vous savez

Que tous hommes n'ont pas le sens rassiz ;
Excusez nous, puis que sommes transis,
Envers le filz de la Vierge Marie,
Que sa grâce ne soit pour nous tarie,
Nous préservant de l'infernale fouldre.
Nous sommes mors, ame ne nous harie ;
Mais priez Dieu que tous nous vueille
absouldre !

La pluye nous a débuez et lavez,
Et le soleil desséchez et noirciz :
Pies, corbeaulx nous ont les yeulx cavez
Et arraché la barbe et les sourciz.
Jamais nul temps nous ne sommes assis ;
Puis ça, puis la, comme le vent varie,
À son plaisir sans cesser nous charie,
Plus becquetez d'oiseaulx que dez à couldre.
Ne soyez donc de nostre confrarie ;
Mais priez Dieu que tous nous vueille
absouldre !

Prince Jhesus, qui sur tous a maistrie,
Garde qu'Enfer n'ait de nous seigneurie :
À luy n'avons que faire ne que souldre.
Hommes, icy n'a point de mocquerie ;
Mais priez Dieu que tous nous vueille
absouldre.

Heureux qui comme Ulysse
Joachim du Bellay

Heureux qui, comme Ulysse, a fait un beau voyage,
Ou comme cestuy-là qui conquit la toison,
Et puis est retourné, plein d'usage et raison,
Vivre entre ses parents le reste de son âge !

Quand reverrai-je, hélas, de mon petit village
Fumer la cheminée, et en quelle saison
Reverrai-je le clos de ma pauvre maison,
Qui m'est une province, et beaucoup davantage ?

Plus me plaît le séjour qu'ont bâti mes aïeux,
Que des palais Romains le front audacieux,

Plus que le marbre dur me plaît l'ardoise fine :

Plus mon Loir gaulois, que le Tibre latin,
Plus mon petit Liré, que le mont Palatin,
Et plus que l'air marin la doulceur angevine.

À une madone

Charles Baudelaire

Je veux bâtir pour toi, Madone, ma maîtresse,
Un autel souterrain au fond de ma détresse,
Et creuser dans le coin le plus noir de mon cœur,
Loin du désir mondain et du regard moqueur,
Une niche, d'azur et d'or tout émaillée,
Où tu te dresseras, Statue émerveillée.
Avec mes Vers polis, treillis d'un pur métal
Savamment constellé de rimes de cristal
Je ferai pour ta tête une énorme Couronne ;
Et dans ma Jalousie, ô mortelle Madone
Je saurai te tailler un Manteau, de façon

Barbare, roide et lourd, et doublé de
soupçon,
Qui, comme une guérite, enfermera tes
charmes,
Non de Perles brodé, mais de toutes mes
Larmes !
Ta Robe, ce sera mon Désir, frémissant,
Onduleux, mon Désir qui monte et qui
descend,
Aux pointes se balance, aux vallons se
repose,
Et revêt d'un baiser tout ton corps blanc et
rose.
Je te ferai de mon Respect de beaux Souliers
De satin, par tes pieds divins humiliés,
Qui, les emprisonnant dans une molle
étreinte
Comme un moule fidèle en garderont
l'empreinte.
Si je ne puis, malgré tout mon art diligent
Pour Marchepied tailler une Lune d'argent
Je mettrai le Serpent qui me mord les
entrailles
Sous tes talons, afin que tu foules et railles
Reine victorieuse et féconde en rachats
Ce monstre tout gonflé de haine et de
crachats.

Tu verras mes Pensers, rangés comme les Cierges
Devant l'autel fleuri de la Reine des Vierges
Étoilant de reflets le plafond peint en bleu,
Te regarder toujours avec des yeux de feu ;
Et comme tout en moi te chérit et t'admire,
Tout se fera Benjoin, Encens, Oliban, Myrrhe,
Et sans cesse vers toi, sommet blanc et neigeux,
En Vapeurs montera mon Esprit orageux.

Enfin, pour compléter ton rôle de Marie,
Et pour mêler l'amour avec la barbarie,
Volupté noire ! des sept Péchés capitaux,
Bourreau plein de remords, je ferai sept Couteaux
Bien affilés, et comme un jongleur insensible,
Prenant le plus profond de ton amour pour cible,
Je les planterai tous dans ton Cœur pantelant,
Dans ton Cœur sanglotant, dans ton Cœur ruisselant !

Le Balcon
Charles Baudelaire

Mère des souvenirs, maîtresse des maîtresses
Ô toi, tous mes plaisirs ! Ô, toi, tous mes devoirs !
Tu te rappelleras la beauté des caresses,
La douceur du foyer et le charme des soirs,
Mère des souvenirs, maîtresse des maîtresses !

Les soirs illuminés par l'ardeur du charbon,
Et les soirs au balcon, voiles de vapeurs roses.
Que ton sein m'était doux ! Que ton cœur m'était bon !

Nous avons dit souvent d'impérissables choses
Les soirs illuminés par l'ardeur du charbon.

Que les soleils sont beaux dans les chaudes soirées !
Que l'espace est profond ! Que le cœur est puissant !
En me penchant vers toi, reine des adorées,
Je croyais respirer le parfum de ton sang.
Que les soleils sont beaux dans les chaudes soirées !

La nuit s'épaississait ainsi qu'une cloison,
Et mes yeux dans le noir devinaient tes prunelles,
Et je buvais ton souffle, Ô douceur ! Ô poison !
Et tes pieds s'endormaient dans mes mains fraternelles.
La nuit s'épaississait ainsi qu'une cloison.

Je sais l'art d'évoquer les minutes heureuses,
Et revis mon passé blotti dans tes genoux.
Car à quoi bon chercher tes beautés langoureuses

Ailleurs qu'en ton cher corps et qu'en ton cœur si doux ?
Je sais l'art d'évoquer les minutes heureuses !

Ces serments, ces parfums, ces baisers infinis,
Renaîtront-ils d'un gouffre interdit à nos sondes,
Comme montent au ciel les soleils rajeunis
Après s'être lavés au fond des mers profondes ?
Ô serments ! Ô parfums ! Ô baisers infinis !

Moesta et Errabunda
Charles Baudelaire

Dis-moi, ton cœur parfois s'envole-t-il,
Agathe,
Loin du noir océan de l'immonde cité,
Vers un autre océan où la splendeur éclate,
Bleu, clair, profond, ainsi que la virginité ?
Dis-moi, ton cœur parfois s'envole-t-il,
Agathe ?

La mer, la vaste mer, console nos labeurs !
Quel démon a doté la mer, rauque
chanteuse
Qu'accompagne l'immense orgue des vents
grondeurs,
De cette fonction sublime de berceuse ?
La mer, la vaste mer, console nos labeurs !

Emporte-moi, wagon ! enlève-moi, frégate !
Loin ! loin ! ici la boue est faite de nos pleurs !
– Est-il vrai que parfois le triste cœur d'Agathe
Dise : Loin des remords, des crimes, des douleurs,
Emporte-moi, wagon, enlève-moi, frégate ?

Comme vous êtes loin, paradis parfumé,
Où sous un clair azur tout n'est qu'amour et joie,
Où tout ce que l'on aime est digne d'être aimé,
Où dans la volupté pure le cœur se noie !
Comme vous êtes loin, paradis parfumé !
Mais le vert paradis des amours enfantines,
Les courses, les chansons, les baisers, les bouquets,
Les violons vibrant derrière les collines,
Avec les brocs de vin, le soir, dans les bosquets,
– Mais le vert paradis des amours enfantines,

L'innocent paradis, plein de plaisirs furtifs,
Est-il déjà plus loin que l'Inde et que la
Chine ?
Peut-on le rappeler avec des cris plaintifs,
Et l'animer encor d'une voix argentine,
L'innocent paradis plein de plaisirs furtifs ?

Roman
Arthur Rimbaud

I

On n'est pas sérieux, quand on a dix-sept ans.
– Un beau soir, foin des bocks et de la limonade,
Des cafés tapageurs aux lustres éclatants !
– On va sous les tilleuls verts de la promenade.

Les tilleuls sentent bon dans les bons soirs de juin !
L'air est parfois si doux, qu'on ferme la paupière ;

Le vent chargé de bruits – la ville n'est pas loin –
À des parfums de vigne et des parfums de bière.

II

– Voilà qu'on aperçoit un tout petit chiffon
D'azur sombre, encadré d'une petite branche,
Piqué d'une mauvaise étoile, qui se fond
Avec de doux frissons, petite et toute blanche…

Nuit de juin ! Dix-sept ans ! – On se laisse griser.
La sève est du champagne et vous monte à la tête…
On divague ; on se sent aux lèvres un baiser
Qui palpite là, comme une petite bête….

III

Le cœur fou Robinsonne à travers les romans,
Lorsque, dans la clarté d'un pâle réverbère,

Passe une demoiselle aux petits airs charmants,
Sous l'ombre du faux col effrayant de son père…

Et, comme elle vous trouve immensément naïf,
Tout en faisant trotter ses petites bottines,
Elle se tourne, alerte et d'un mouvement vif….
– Sur vos lèvres alors meurent les cavatines…

IV

Vous êtes amoureux. Loué jusqu'au mois d'août.
Vous êtes amoureux. – Vos sonnets La font rire.
Tous vos amis s'en vont, vous êtes mauvais goût.
– Puis l'adorée, un soir, a daigné vous écrire… !

– Ce soir-là… – vous rentrez aux cafés éclatants,
Vous demandez des bocks ou de la limonade..
– On n'est pas sérieux, quand on a dix-sept ans
Et qu'on a des tilleuls verts sur la promenade.

Les Chercheuses de poux
Arthur Rimbaud

Quand le front de l'enfant, plein de rouges tourmentes,
Implore l'essaim blanc des rêves indistincts,
Il vient près de son lit deux grandes sœurs charmantes
Avec de frêles doigts aux ongles argentins.

Elles assoient l'enfant devant une croisée
Grande ouverte où l'air bleu baigne un fouillis de fleurs,
Et dans ses lourds cheveux où tombe la rosée
Promènent leurs doigts fins, terribles et charmeurs.

Il écoute chanter leurs haleines craintives
Qui fleurent de longs miels végétaux et rosés,
Et qu'interrompt parfois un sifflement, salives
Reprises sur la lèvre ou désirs de baisers.

Il entend leurs cils noirs battant sous les silences
Parfumés ; et leurs doigts électriques et doux
Font crépiter parmi ses grises indolences
Sous leurs ongles royaux la mort des petits poux.

Voilà que monte en lui le vin de la Paresse,
Soupir d'harmonica qui pourrait délirer ;
L'enfant se sent, selon la lenteur des caresses,
Sourdre et mourir sans cesse un désir de pleurer.

La jolie rousse

Guillaume Apollinaire

Me voici devant tous un homme plein de sens
Connaissant la vie et de la mort ce qu'un vivant peut connaître
Ayant éprouvé les douleurs et les joies de l'amour
Ayant su quelquefois imposer ses idées
Connaissant plusieurs langages
Ayant pas mal voyagé
Ayant vu la guerre dans l'Artillerie et l'Infanterie
Blessé à la tête trépané sous le chloroforme
Ayant perdu ses meilleurs amis dans l'effroyable lutte

Je sais d'ancien et de nouveau autant
qu'un homme seul
pourrait des deux savoir
Et sans m'inquiéter aujourd'hui de cette
guerre
Entre nous et pour nous mes amis
Je juge cette longue querelle de la tradition
et de l'invention
De l'Ordre et de l'Aventure

Vous dont la bouche est faite à l'image de
celle de Dieu
Bouche qui est l'ordre même
Soyez indulgents quand vous nous comparez
À ceux qui furent la perfection de l'ordre
Nous qui quêtons partout l'aventure

Nous ne sommes pas vos ennemis
Nous voulons vous donner de vastes et
étranges domaines
Où le mystère en fleurs s'offre à qui veut le
cueillir
Il y a là des feux nouveaux des couleurs
jamais vues
Mille phantasmes impondérables
Auxquels il faut donner de la réalité

Nous voulons explorer la bonté contrée
énorme où tout se tait
Il y a aussi le temps qu'on peut chasser ou
faire revenir
Pitié pour nous qui combattons toujours aux
frontières
De l'illimité et de l'avenir
Pitié pour nos erreurs pitié pour nos péchés

Voici que vient l'été la saison violente
Et ma jeunesse est morte ainsi que le
printemps
Ô Soleil c'est le temps de la Raison ardente
Et j'attends
Pour la suivre toujours la forme noble et
douce
Qu'elle prend afin que je l'aime seulement
Elle vient et m'attire ainsi qu'un fer l'aimant
Elle a l'aspect charmant
D'une adorable rousse

Ses cheveux sont d'or on dirait
Un bel éclair qui durerait
Ou ces flammes qui se pavanent
Dans les rose-thé qui se fanent

Mais riez riez de moi
Hommes de partout surtout gens d'ici
Car il y a tant de choses que je n'ose vous dire
Tant de choses que vous ne me laisseriez pas dire
Ayez pitié de moi

STÉPHANE HESSEL, UNE BIOGRAPHIE

Résistant, diplomate, citoyen engagé et écrivain, Stéphane Hessel est né à Berlin en 1917 d'un père essayiste et traducteur (Franz Hessel), et d'une mère artiste (Helen Grung) qui n'est autre que l'héroïne de *Jules et Jim* dans le roman autobiographique d'Henri-Pierre Roché, adapté à l'écran en 1962 par François Truffaut.

En 1924, sa famille s'installe à Paris où Stéphane obtient son baccalauréat de philosophie à 15 ans. Naturalisé en 1937 alors qu'il est étudiant à Sciences Po, il se marie et intègre l'École normale supérieure en

1939, avant d'être mobilisé avec sa promotion au début de la Seconde Guerre mondiale. Fait prisonnier, il s'évade et rejoint le général de Gaulle à Londres en 1941 pour agir au sein des Forces françaises libres comme agent de liaison au Bureau de contre-espionnage, de renseignement et d'action (BCRA).

Lors d'une mission à Paris en juillet 1944, il est arrêté par la Gestapo, torturé, puis déporté au camp de Buchenwald. En substituant son identité à celle d'un Français, mort du typhus à l'infirmerie du camp, il échappe à la pendaison. Après une tentative d'évasion, il est repris et envoyé dans un camp à Dora. Le 4 avril 1945, tandis que les troupes alliées se rapprochent, il parvient, lors d'un ultime transfert, à s'extirper du train en marche en démontant des lattes du plancher. La vie sauve, il rejoint l'armée américaine, puis regagne Paris en mai 1945 où il retrouve sa femme et ses enfants.

Après la guerre, Stéphane Hessel réussit le concours d'entrée au ministère des

Affaires étrangères et débute sa carrière de diplomate comme chef de cabinet du secrétaire général adjoint des Nations unies. Il intègre alors la commission en charge d'élaborer la Déclaration universelle des droits de l'homme, laquelle sera adoptée en 1948 par les Nations unies au palais de Chaillot, à Paris.

Après avoir occupé différents postes de diplomates à l'étranger, il est nommé ambassadeur de France auprès des Nations unies à Genève en 1977, puis ambassadeur de France dignitaire en 1981.

Infatigable défenseur des droits de l'homme, il n'a de cesse de les promouvoir à travers le monde. Il participe au Haut Conseil à l'intégration et représente la France à la Conférence mondiale de Vienne pour les droits de l'homme. En 1996, il conduit la médiation dans l'affaire des sans-papiers des églises Saint-Ambroise et Saint-Bernard. À partir de 1999, il devient membre du Haut Conseil pour la coopération internationale et président du Comité français de solidarité internationale.

En 2008, alors âgé de 91 ans, il dénonce publiquement le non-respect par le gouvernement français de l'article 25 de la Déclaration universelle des droits de l'homme et lance un appel pour que celui-ci mette des fonds à disposition pour que tous les sans-logis puissent obtenir un toit.

Le 30 décembre 2009, sur France Culture, il cite Israël parmi les États « menés de façon tyrannique », à l'instar de la Chine, la Russie et l'Iran, avec lesquels le commerce ne doit pas primer sur les droits de l'homme.

Stéphane Hessel est l'auteur de plusieurs ouvrages dont *Danse avec le siècle* (Seuil, 1997), *Dix pas dans le nouveau siècle* (Seuil, 2002), *Ô ma mémoire : la poésie, ma nécessité* (Seuil, 2006), *Citoyen sans frontière* (conversations avec Jean-Michel Helvig, Fayard, 2008), *Indignez-vous !* (Indigène Éditions, 2010), et *Engagez-vous* (entretiens avec Gilles Vanderpooten, Éditions de l'Aube, 2011).

Postface

Le monde entier le sait aujourd'hui : Stéphane Hessel est traversé par un enthousiasme rare. Qu'il le soit resté jusque dans sa dixième décennie fait de lui un phare dans le brouillard actuel. Brouillard de la mondialisation, censée étendre à tous les bienfaits du progrès, mais qui déchire les derniers tissus économiques et sociaux à dimensions humaines. Brouillard de la cyberculture, qui généralise l'accès aux savoirs universels, mais transforme ceux-ci en Niagara tiède de données indifférenciées. Brouillard du relativisme général qui rabote tous les hérissements de l'être pour adapter nos existences au sacro-saint Marché. Brouillard du jeunisme, qui nous atteint tous, car nous avons tendance à ignorer que l'on peut vieillir en pleine forme et heureux, sans se dérober pour autant à cette tâche essentielle, notamment vis-à-vis des plus jeunes : assumer la place de l'ancien.

D'où cet homme tire-t-il son enthousiasme, ou, si l'on reprend l'étymologie de ce mot, sur quoi s'appuie son « dieu intérieur » ? Certes pas sur une croyance religieuse – comme le faisait Sœur Emmanuelle, une autre personnalité ayant atteint le grand âge et à qui on a pu le comparer*. Stéphane Hessel se dit athée. Certes, quand nous l'avons interrogé sur ses convictions spirituelles, il n'a pas eu la naïveté d'afficher la certitude abrupte d'un néant absolu. Sur le plan métaphysique, de façon bien plus subtile, sa vie intérieure se nourrit du doute et d'un scepticisme positif : tout est possible, mais l'esprit critique doit rester de mise

---

* *La Chaleur du cœur empêche nos corps de rouiller*, Marie de Hennezel, Robert Laffont, 2008.

– tant que l'expérience ne vient pas prouver un fait, il n'y a aucune raison d'y croire !

Sur l'éthique en revanche, sur l'art de mener sa vie en fonction d'autrui, aucun doute : ses valeurs sont solidement ancrées. Et si la tolérance en fait prioritairement partie, celle-ci ne se confond jamais avec la mollesse indulgente du laisser-aller. À l'instar d'un Emmanuel Levinas ou d'une Élisabeth Kübler-Ross, Stéphane Hessel pourrait dire qu'aimer l'autre, c'est oser lui dire « Non » quand, à nos yeux, son attitude le rend moins digne d'être appelé humain. Or, c'est là un rôle que les anciens doivent jouer, même si notre monde imprégné de « politiquement correct » a tendance à l'oublier. Dans les sociétés traditionnelles, en Afrique par exemple, dire d'un vieux qu'il est « jeune », c'est lui signifier qu'il n'a rien compris à la vie ; et dire à un jeune qu'il est « vieux », c'est au contraire lui accorder une sagesse précoce. Il est vital que notre monde postmoderne redonne une place essentielle à ses anciens et à leur irremplaçable expérience. Encore faut-il que les anciens en question osent se montrer à la hauteur, de façon non pas « jeune », mais vivante, vigoureuse, généreuse.

Que peut être un « ancien » aujourd'hui ? Stéphane Hessel nous le montre de façon sublime.

Pour nous tous, merci à lui.

Patrice van Eersel

Composition et mise en pages : FACOMPO, LISIEUX

Impression réalisée par Corlet imprimeur
à Condé-sur-Noireau
en mars 2012

N° d'imprimeur : 145670
Dépôt légal : mars 2012
Imprimé en France